LA VIDA DE OKEWA

LA HISTORIA DEL PRIMER ROBOT COSTEÑO

Diseño y arte: Ashley N. Bishop

www.ashleybishopart.com

Editora: María Alejandra Lara

Derechos de autor © 2021 Manuel A. Ovalle Lorduy

Mas información:

www.manuelovalle.com

Esta es una obra de ficción. Los nombres, personajes, lugares e incidentes son producto de la imaginación del autor o se utilizan de forma ficticia. Cualquier parecido con personas reales, vivas o muertas, eventos o lugares es pura coincidencia.

Primera Edición: 2021

ISBN: 979-8-9850213-1-8

Library of Congress Control Number: 2021921354

LA VIDA DE OKEWA

LA HISTORIA DEL PRIMER ROBOT COSTEÑO

En memoria de

Me hubiera gustado que lo hubieran podido leer.

Alfonso L. *Tus consejos siempre fueron una guía cuando estaba perdido.*

Manuel Antonio O.G. *Gracias por todo lo que me enseñaste. E se tu saraí solo, tu saraí tutto tuo "Y si estás solo, serás todo tuyo." (Leonardo)*

Elia Carlina R L. *En este mundo existen personas como tú que te muestran que el amor todo lo perdona y todo lo puede gracias."*

Sara C. O. *porque me mostraste que no se necesita ser santo pa ayudar a quien te necesita.*

Madonna H. *Porque me enseñaste a mirar lo bella que es la vida. "more margaritas please"*

Jaime Alfonso L. R. *porque siempre estuviste ahí cuanto más te necesitamos.*

Lucy M. O. *Brillaste con luz propia y con tus hermosos cuentos, nos diste a todos regalos invaluables. ¡Gracias!*

Edna margarita O. O. *¡Gracias! porque hasta en mis sueños me cuidaste.*

Asakaa

Gracias a todos por siempre estar a mi lado, el camino de la vida, se hace más fácil cuando uno tiene personas como ustedes.

José A. O.C. *Por enseñarme que el desarme te enseña a armar.*

Evelyn C. L. R. *Como tú no hay, no existe nadie, tus enseñanzas siempre vivirán conmigo.*

Yakelyn O.O *Por la felicidad de que siempre contare contigo.*

Jennifer J.O. *El amor no entiende de color, edad o nacionalidad.*

Prologo

Es una maravilla la manera de decir o de hablar y de escribir un hecho o acontecimiento donde podemos entender, conocer y comprender, la verdad de una inspiración sinceramente del alma y del corazón, y de todo un ser bonito y especial como lo es el autor de este libro Manuel A. Ovalle Lorduy.

Y es que ya en su vida caía una fuente de su tan buena voluntad del querer y el hacer exactamente sus sueños, anhelos y tantas peticiones de su lindo e inspirador corazón. Un corazón aún más sensibilizado, para contar, relatar y dar a conocer historias que hacen feliz a miles de personas, como yo misma lo he sido al sonreír y reír hasta no más poder.

Es que, los autores en el mundo, hoy en día, unos nacen y otros, se hacen y es una realidad que los genes se ven y no se esconde, como en el caso de este ¡escritor orgullo! que nace, como un escritor con ¡Poder!.

Manuel "Es como ese granito de mostaza que es el más pequeñito y con su

perseverancia, cuando la fe, la esperanza y confianza se extiende, como se palpa en él" vemos que crece y servimos como ayuda y apoyo a embellecer y hermosear con lealtad, resultados satisfactorios y de gran poder para uno y más emprendedores de esta digna profesión de 'escritor' Y eso que esperamos, se convierte en realidad al ver y sentir la felicidad de lograr un ¡Bonito Sueño Cumplido!

Ahora se siente, se vive y se lee en un mundo mejor; donde admiro al autor de ayer crecido e inspirado con contundente apreciación, valor y poder de narrar con profunda libertad al que veía desde su niñez e infancia y que ahora ya con las muchas experiencias y

vivencias en su caminar seguro por su transcurrir lleno de recuerdos para contar.

¡Yo lo veo a una altura grande y grande altura, muy grande!, ¡Buen el alto! Caminando con firmeza. Firmeza explicita y contundente. Les cuento que "yo me di a la tarea de analizarle y les comento que salí encantada de recordar a un innato desde sus inicios, cuando apenas escribía poesías o historietas a un ¡escritor exitoso! Y apasionado por lo que hace" Que emprende con su primera obra literaria para difundir un lenguaje bello y maravilloso de toda una población caribeña que afirma sus costumbres, su cultura e idiosincrasia.

 Difundiendo esa riquísima terminología que significan mucho para una población vulnerable al sentir sincero de aquellos pueblos, ciudades, regiones y todo un hermoso país. Como lo es la linda y exótica Colombia y su Costa Atlántica del Caribe. Por eso ¡Aplaudo y aplaudamos! Estos anhelos de este amado, querido y encantador autor Manuel Antonio Ovalle Lorduy, quien se atrevió a lanzar con valentía su libro ¡La vida de Okewa! Para divulgar y con ello manifestar sus buenas causas para encontrar por ejemplo en los grandes personajes que la integran y que actúan una ¡Bienvenida vida! Aunque. Hay muchos de estos actores, ya fallecidos y que no están con nosotros en este mundo.

Pero, que sí, han sido una lluvia de aconteceres y de tesoros escondidos que le dejaron mucho conocimiento y sentimiento de bondad, ternura, afecto, enseñanza y libertad para expresar hoy en día y como escritor, relatarlo a través de ¡La vida de Okewa! Con personajes como Atuushi que tiene el significado de abuelo Laülaayuu de Ancianos Kekiiwaa Sabio e Inteligente Katto'ui

Mochila y hasta en una terminología bien rica y con un brillo de luz fantástico. Como se vive en todo el territorio de la exótica y bonita Guajira, mágico y resplandeciente su belleza natural con sus palabras como Juya que se refiere a la lluvia o Jemiai que es el Frio.

Divulgar aún tiempos en medio de la inmensidad de sus maravillas en la majestuosidad de la Creación divina de sus paisajes, mares y su preciosa fauna, es posible animarnos a irnos allá bien lejos si nos vamos al Cabo de la Vela, en la hermosa Guájira. Encontramos todo su esplendor y amor puesto del fluir del cielo en todos sus rincones y de esta misma manera en toda la Costa Norte Colombiana. Mis más ¡Sinceras felicitaciones al autor! Por esta obra que veo ya puesta en una altura de aquí al cielo en multitudes para conocer más de nuestras raíces y ¡así! Fortalecer y hacer de Colombia un país más emprendedor y fructífero. Para engalanar miles de corazones en todo el Universo. ¡Benditas Victorias millones! para avanzar asimismo en medio de la oscuridad y del dolor, la tristeza, la adversidad, los obstáculos y aun en medio de la misma Pandemia COVID 19 dejar que la vida siga en progreso y prospera con nuestros ¡excelentes escritores! Los que apoyaremos y que invito a ir con todos nosotros los Adultos y los Jóvenes como mi muy admirado Manuel Antonio Ovalle Lorduy ¡Benditos Triunfos!

Evelyn Lorduy Rivero

Capítulo waneesia

Esta historia comienza en un hermoso pero muy pequeño pueblito al oriente de Ajmir, a 30 millas del océano, donde:

La que se va, viene… allí es donde la Madre naturaleza se encontró con la Muerte y se respetaron.

Todo esto sucedió antes de la Guerra de ronca el tigre.

En el año 1947 nació un hombre que todos llamaban Mukki. Él era bien inquieto con todas las cosas, era de esas personas que todo lo desarman y nunca arman na'a.

Desde pequeño supo que iba a hacer algo grande, algo sorprendente, que iba a hacer historia, pero aún no sabía qué era, nunca se imaginó que su historia sería así tan despampanante, que él sería la pieza esencial del futuro del mundo.

Su historia cuenta que en su infancia sorprendía por sus habilidades pa' desarmar; todo lo desarmaba. Un día, el papá de Mukki compró una silla nueva y Mukki la desarmó e hizo una cuna que tenía la posibilidad de ser coche al mismo tiempo; él siempre desarmaba to'o.

Mukki siempre innovaba. Una vez, el maestro explicaba el uso de la palabra 'para' y Mukki, como siempre, comenzó a desarmar los argumentos bien formulados del maestro.

El maestro explicaba que la palabra POR provenía del antiguo *PORA*, que es una mezcla de dos palabras que provenían del latín: *PRO* y *AD*, y el maestro, bien fundamentado, explicaba cómo la palabra PARA era simplemente una combinación de *PER* y *AD*, qué sencillamente significa "a través o hacia a".

¡¡Pero nooo!! Nuestro querido amigo Mukki pensaba que eso era una complejidad innecesaria, que debíamos simplificar el lenguaje y sencillamente remplazar la unión de *PER* y *AD* por PA, y poder decir algo como: "ellos trabajan pa ganar dinero". Argumentaba que nuestro lenguaje, además de complejo, era pesado y obsoleto, por lo que teníamos que mejorarlo. Pa' no perdernos en esta aventura por el pasado sigamos con la historia. El ya conocido y controversial Mukki siguió su vida sorprendiendo a muchos y haciendo pensar por primera vez a una gran mayoría; en esa época se decía que cuando alguien pensaba fuertemente en algo, los Dioses se sentaban, porque ellos ya pensaban.

Los años pasaron y nuestro querido amigo crecía. Un día después de la escuela, Mukki llegó a casa bien aturdido. Él no sabía qué pasaba, pues nunca había sentido algo así antes; él no tenía ni idea de qué sucedía, no lograba desarmar sus sentimientos, no sabía qué era eso que lo aturdía.

Lo que sí sabía es que él tenía un revolú, que en muchas palabras es un desorden de sentimientos con miedo y el pavor a lo desconocido.

Él no podía desarmar eso que sentía. ¡Todos al verlo ya sabían que tenía una traga! Pero nadie dijo na', la familia solo se reía de él.

Uma, con una sonrisa acusadora, de esas de oreja a oreja, le preguntó:

–¿Qué sucede, Muk? –como de cariño le llamaba Uma, que era su madre.

Muk respondió rápidamente con la cabeza cabizbaja, de vaina pronunció bien las palabras:

–Nada, Uma, tan solo tengo un revolú, pero no puedo descifrar qué pasa. Creo que he perdido mi mayor talento, el desarme, o de pronto soy inmune a mi propio desarme.

Uma, sonriendo, le dijo:

–No sé, mijo, pero cálmate, tranquilízate y respira. La vida es una sola, lo que sea que te esté pasando y todo ese revolú, pasará.

–Eso espero, porque esto ta' grave.

–Muk, tú lo que tienes es que 'tas enamora'o, no es más na'.

En su mente, Mukki siguió pensando y desarmando su vida tratando de entender; ¿qué pasó?, ¿cómo pasó?, ¿cuándo y por qué? Después de tanto pensar, decidió poner a prueba lo que Uma había dicho. El desarme era total, Mukki iba con todas, él iba a desarmar to'o.

Al día siguiente, comenzó la mini desconstrucción de su ser. Mukki decidió probar algo nuevo, decidió hacer una observación de sus sentimientos y analizar las diferentes reacciones de acuerdo con las situaciones que se le presentarían en la escuela. Al mismo tiempo, decidió exponerse a situaciones no tan familiares; de esta manera, él se daría cuenta de si estaba enamora'o o no.

Lista pa' averigua' el revolú:

Paso 1) Hablarle a todas las chicas de la escuela

Paso 2) Hablarle a las chicas que creo que son más atractivas

Paso 3) Tomar notas y sacar conclusiones

Paso 4) Jugar un deporte que nunca haya jugado

Paso 5) Repetir el paso 4

Al día siguiente, justo cuando llegaba a la escuela, Mukki comenzó a gritar:

–¡Aquí estoy y aquí me quedo!

Todos en la entrada miraron atónitos, con incredulidad.

–¿Es ese Mukki? –alguien preguntó.

–¡Sí, parece él!

–¿Qué pasó? ¿Se volvió loco? –murmuraban.

En el instante en que Mukki vio una *Jierü*[1], le sonrió y comenzó a dialogar. Todo fue perfecto, entabló una buena conversación, hubo risas, halagos. Todo iba viento en popa. Al terminar la conversación, cuando Mukki se disponía a tomar sus notas, se dio cuenta de que no sintió ná', que todo era *Jemiai*[2]. Desesperado por saber qué pasaba, se entregó a la búsqueda pa ver cuáles serían los resultados de su prueba, aunque tuviese demasiada información que recoger.

A la hora del descanso, Mukki vio a Jolotsü[3] y por unos segundos se le olvidó qué estaba haciendo, en qué estaba pensando y hasta quién era. Sintió todo ese revolú que lo tenía tan preocupa'o. Ahí, en ese preciso momento, con sus piernas to'as blandengue y su lengua to'a amarrá', sacó valor de donde no tenía pa' habla'le a tan hermosa criatura. Al acercarse a ella, silencio total. No pasó na'; el pobre Mukki, el duro pa' desarmar y crear, no dijo una palabra.

Después de tanta pena incondicional, Mukki no soportó su cobardía y se fue a decí' lo que iba a decí' y le dijo:

–¡Mira, tú! ¡Jolotsü! Tú me mueves el piso y ya me tienes maria'o. ¿Te gustaría ser *Tajolotsü*[4]…?

Jolotsü, sorprendida y alagada, respondió a Mukki:

–Tienes que hablar con mi *Taata,* y no se te olvide trae' un *Pütche'ejachi*[5].

Al escuchar esto, Mukki se dio a la tarea de buscar a tan importante personaje. En seguida fue y habló con Uma pa' preguntarle dónde podía encontrar a un *Pütche'ejachi*.

–¿Dónde puedo encontrar a ese señor y pa' qué quiere ella a ese señor? Eso ta' raro, explícame que es to' esta vaina, porque yo no entiendo es na'.

---

[1] *Mujer*
[2] *Frio*
[3] *Estrella*
[4] *Mi estrella*
[5] *Mediador, palabrero*

–Muk, un *Pütche'ejachi*[6] es una persona que intercede por ti al *Taata* de Jolotsü[7], pero deja y le pregunto a tu *Taata*[8] pa' ve qué dice él. Tu *Taata* buscó uno pa' hablar con tu *Atuushi*[9] cuando él quería casarse conmigo.

Uma fue y habló con Dr. Tutti.

Él era un hombre de esos que llaman *Outshi*[10]; muchos decían que lo sabía to'o, pues era como una biblioteca ambulante.

Uma expresó su preocupación por lo que Muk había dicho. Creía que Muk era muy joven, que él no podría tener una mujer todavía, pero ella no le quería romper el corazón diciéndole eso.

–Uma, no te preocupes –respondió Dr. Tutti–

"Si el problema tiene solución, ¿pa' qué te preocupas? Y si no tiene solución, ¿pa' qué te preocupas? Si con preocuparte no solucionas na'..."

–Pa' ve' qué vas a hace' tú...–respondió Uma–

–No te preocupes, déjamelo a mí. –respondió Dr. Tutti–

Después de varios días de pensarlo, Dr. Tutti fue y habló con un *Pütche'ejachi*, el cual le recomendó a Dr. Tutti que hablara con el *Taata* de Jolotsü e hicieran un plan, pues los pelaos 'taban muy jóvenes, y de esta manera arreglaran esta vaina de una vez por todas.

Todo estaba bien craneano. Iba a hablar con el *Taata* de Jolotsü pa' que le ayudara y exagerara los términos que él pedía pa' que fueran demasiados, pa' que fueran casi imposibles.

Todo quedó listo, así se haría.

–Mukki, ven acá, toy en el pasillo. Ven, siéntate en una mecedora, vamos a hablar.

---

[6] *Mediador*
[7] *Estrella*
[8] *Padre*
[9] *Abuelo*
[10] *Sabio, Curandero*

Mukki se puso tan contento que no cabía en el cuerpo. Se le notaba y se sonrojó por to'o ese revolú que le salía por los poros.

El *Taata* de Jolotsü dijo que los términos pa' poder pretender a su hija eran muy altos.

–Mijo, tú eres un pelao, él dijo que tienes que tener por lo menos 19 años, él quiere que su hija esté bien porque ella es una reina y no merece menos.

Después de todo esto, Mukki se puso triste, raro, todo lo existente perdía su color, la esencia de su vida estaba perdida, al pobre le dio de to'o. Mukki se despechó tanto que pateó las paredes y lloró, lloró mucho. Su escondedero fue una *süi* que Uma le había hecho en su cumpleaños.

Al cabo de varios días, Dr. Tutti, al ver que su hijo, su primogénito, estaba to'o desmigaja'o por lo que pasó, fue y en su forma de ser le dijo lo siguiente:

–Hijo, no llores más. Los hombres no lloran. Párate de ahí y déjate de vainas, de esas pendeja'as, que… *cuando un hombre quiere a una mujer uno pelea por ese amor hasta la muerte.*

Desde ese día, Mukki decidió no llorar más. Él guardó sus lágrimas por si acaso.

Algunas personas dicen que la süi donde Mukki lloró nunca perdió su color.

Un día, sin más allá, ni más acá y sin saber de dónde o pa' 'onde él reaccionó, se dio cuenta de que nada era imposible y que, como Dr. Tutti había dicho, "hay que pelear por lo que uno quiere con todas las fuerzas del alma".

Mukki decidió esperar a que el tiempo trajera los años rápido, pero comenzó a hacer bolis pa' vender y ahorrar bille, porque él iba a conquistar a Jolotsü, él sabía que lo que su familia quería pa' ella era casi imposible… pero él lo iba a lograr.

Capítulo piama

EL ENCUENTRO

Un día, al salir el sol, cuando los rayos de luz besan el infinito océano y la majestad de la creación, se nos revela a nosotros los pobres mortales. Mukki caminaba por la playa meditando y observando tan increíble visión, cuando a lo lejos vio el barco más grande que jamás había visto en su vida. Él corrió hacia el barco y cuando llegó se sorprendió de lo gigantesco que era y gritó de asombro:

–¡Esto sí es un barco mameyúo[11]!

Los pescadores y mercaderes soltaron la risa. El capitán, al ver el entusiasmo de Mukki, le invitó a subir a ver el barco. Después de un recorrido por cada rincón del barco, el capitán le ofreció a Mukki un trabajo junto a la tripulación y le entusiasmó diciendo:

–Al comienzo aprenderás de tus compañeros, viajarás por el mundo, conocerás nuevas tierras y de pronto algún día podremos encontrar tesoros escondidos por piratas. ¿Qué opinas? –preguntó el capitán del barco.

Mukki, sin pensarlo, dijo:

–Claro, ¡va pa' esa! ¿Y cuánto me vas a pagá'? ¡Porque yo sin plata no voy pa ningún la'o!

El capitán contestó:

–Ganarás 18 monedas de plata.

Mukki gritó:

–¡Nojoñee[12]! ¡Voy a ser rico ahorita, en unos añitos!

El capitán sonrió y le dijo:

---

[11] *Gigantesco*   [12] *Asombro*

–Recuerda, mañana por la madrugada salimos, nos vamos por 12 meses.

A lo que Mukki replicó:

–Aquí estaré mi capitán, chin chin.

El capitán, to'o sorprendí'o, tan solo dijo en voz baja:

–¿Qué será esa vaina de chin chin?

De camino a casa, Mukki vio a Jolotsü y le llamó:

–¡*Tajolotsü*! –ella, apenada y con miedo de que su *Taata* la viera, trató de esconderse, pero él insistió–: ¡*Tajolotsü*!

–Mukki, no podemos hablar hasta que *Taata* diga que está bien.

–No te preocupes, *Tajolotsü*. Solo me quería despedir. Me voy de viaje pa' tierras lejanas y podré obtener todo lo que nuestra familia quiera; aparte, tú eres mi reina y te voy a bajar el cielo, y si el cielo ta' tan alto que no puedo bajarlo, te hago uno aquí en la tierra.

Jolotsü sonrió.

–Espero que vuelvas pronto, te voy a extrañar.

Le tomó la mano a escondidas y se despidieron.

Mukki llegó un poco tarde a casa, por lo que tuvo que entrar a escondidas. Por no parar bolas Mukki se tropezó con una hamaca y cayó como butaca, se pegó un tramojazo tan feo que hasta el piso lloro y la bullaranga fue tan grande que despertó a to'o el mundo.

–¿Qué es esa bulla, Uma? –preguntó Dr. Tutti.

–¡No sé! –respondió Uma–. Mukki, ¿qué haces despierto tan tarde?

–Uma, Dr. Tutti, me voy de viaje, perdón por no haberles contado, pero 'taba tan emociona'o que se me olvidó.

–¿Cómo así, mijo? –preguntó Dr. Tutti.

–Sí –respondió Mukki–, voy a viajar por todos lados, *Taata*. El capitán de un barco me ofreció un trabajo y voy por el amor de Jolotsü.

–Bueno, mijo, ¿y tú qué? ¿Te volviste loco?

–No, *Taata,* solo estoy siguiendo tu consejo, un hombre enamora'o hace hasta lo imposible por el amor de su vida.

–Está bien, mijo, ¡cada quien sabe cómo ensilla su burro! Que tengas buen viaje y ve con cuida'o. ¡No busques una mala hora!

Uma lo abrazó y comenzó a llorar.

–Uma, no llores –dijo Mukki–, yo vengo otra vez, ni que me fuera a convertir en sireno.

–Se creció mi *Jintüi*[13].

–No te preocupes, Uma. Yo volveré y todo va a cambiar. Ya verás.

Mukki alistó su *Katto'ui*[14] y esa noche no durmió na'. No pegó un ojo, se imaginaba el mar, las olas, se vio a sí mismo descubriendo tesoros, peleando con piratas. Y cuando vino a ver, ya era hora de irse. Se levantó, tomó un café y salió corriendo porque quería llegar antes de que el sol saliera pa' decir que le ganó al Sol.

–Bienvenido, Mr. Mukki –dijo el capitán con una voz carraspelá'. Mukki sonrió–. Compañeros, hoy le damos la bienvenida a Mukki, nuestro nuevo marinero aprendiz, que por cierto llegó tarde. Todos en posiciones, alístense pa' zarpar.

Así, Mukki se volvió marinero y comenzó su travesía.

El majestuoso barco zarpó del puerto de Ajmir y viajó de islas a grandes ciudades. Pa' pasar el tiempo, Mukki escapaba de su día a día con la lectura. Leía historias fascinantes de héroes y dragones y se preguntaba si algún día llegaría a ver uno.

---

[13] *Niño* [14] *Mochila*

Después de 7 meses viajando por todos lados, la tripulación llegó a la ciudad de Wattaa. Descansaron y adquirieron lo que la tripulación necesitaba pa' el largo viaje de vuelta a casa.

El capitán y toda su tripulación fueron a celebrar a una cantina lo bien que les había ido en este viaje. Mukki fue con ellos. Y después de mucha música y varias rondas de bebida, casi todos estaban borrachos menos Mukki. Él no tomaba porque tenía que ahorrar su bille y su causa era mayor. Al salir del bar, todos cantaban y gritaban a todo pulmón las hazañas del mar.

Una anciana muy viejita se acercó a Mukki, lo miró a los ojos y le pidió algo pa' comé'. Mukki se apiadó de ella y le regaló 3 monedas de plata. La anciana lloró al ver la generosidad del joven y le susurró al oído:

"Tu corazón puro te puede salvar si buscas refugio lejos del mar; el escritor del destino se puede cambiar si las riendas de tu vida logras tomar; limpiado por agua y secado por sol, un nuevo camino tomarás hoy".

Mukki se asustó mucho, salió corriendo y se unió a su tripulación. No habló de ese incidente con nadie. Cuando la tripulación llegó al barco, todos los marineros se quedaron dormidos menos Mukki. Él no podía dormir, las palabras de esa anciana retumbaban en su cabeza. "¿Qué querría decir?, ¿por qué a mí?, ¿estaría loca?, ¿será que estaba loca?". Él pensaba y pensaba, y entre más pensaba, más se hundía en su propio miedo a lo desconocido, a lo incontrolable. Mukki trató de justificar y desarraigar todo el temor con una simple explicación: la anciana estaba loca. Pero en su interior, donde no podía esconderse de nadie, él sabía que ella decía la verdad.

A la mañana siguiente, todos se levantaron con un guayabo de tres pisos, pero al salir el alba, la partida era eminente. El barco terminó de ser cargado con víveres, utensilios, *ooro*[15], plata, cacao, libros y un montón de cosas más. El capitán gritó con una gran voz:

---

[15] *Oro*

–¡Marineros! ¡Vamos, a moverse!

Los marineros corrieron a cumplir las órdenes y el barco, lleno de sueños, dejó el puerto de Wattaa. La travesía fue placentera. En los primeros dos meses todo fue bien. Mukki le pedía al *Palaa*[16] que tuviera calma, que le permitiera ver a su Jolotsü, pero esa noche, a tan solo 3 días de llegar al puerto de Ajmir, el mar estaba enfurecido, quería tragarse todo.

Nosotros corrimos de un lado al otro tratando de controlar la embarcación. Pero el *Palaa* decidió comernos. Después de mucho esfuerzo, junto a la falta de sueño y la mala suerte, el mástil del barco se reventó por los fuertes vientos que azotaban las velas con tanto furor. Nuestro majestuoso barco quedó a la deriva. Tan cerca pero tan lejos de mi Jolotsü. Esa noche todos probamos la furia de Palanakai[17].

Rogamos para que nos pudiéramos salvar, pero el mar no tuvo misericordia con nosotros. La embarcación comenzó a tomar agua y una ola del tamaño de un gigante, como salida de un cuento de niños, golpeó la ya frágil embarcación y reventó la poca esperanza de salvarnos que aún existía. Los que pudieron se agarraron de pedazos de madera que quedaron de la nave y otros solo fueron forzados a ir a los brazos del *Palaa*.

Yo lloré, grité por ayuda, rogué, pero después de muchas horas y con toda mi esperanza perdida, decidí dejar que *Palaa* me tragara.

A la mañana siguiente, cuando desperté, me asombré… ¡estaba vivo! Vivo, en medio de un desierto sin arboles ni na'a. Solo me acompañaba mi soledad y el viento, quien susurraba a mi oído el lamento de las vidas perdidas que consigo traía, el último suspiro de muchos.

Allí, senta'o en la arena, recogí mis pensamientos y las pocas pertenencias que aún eran mías, na' más una caja con latas, un libro moja'o y madera, mucha madera.

---

[16] *Mar*   [17] *Dios del mar*

PRIMER DÍA DEL TRAMOJAZO

Hoy fui a buscar agua pa' toma', no encontré na'a. Pero pude hacer una chocita con lo que quedó del barco y tomé agua de una lata de zanahoria. También traté de leer ese libro moja'o, pero no he podido pasar de la primera página sin dañarlo. Voy a esperar a que se seque.

En el anochecer hace frío, y como mi *Atuushi*[18] me ensenó, voy a prender una fogata pa' no sufrir de un frío macho.

SEGUNDO DÍA DEL TRAMOJAZO

Otro día en el paraíso. Esta es una isla preciosa, pero a pesar de todo, desértica. ¡Tengo sed! A tomar agua de lata, nojoñee.

Hoy logré leer el libro, ya ha sido secado por el sol. El libro habla sobre otro lenguaje, algo sobre binario, y cómo crear cosas de la na'.

CUARTO DÍA DEL TRAMOJAZO

Ya no me quedan fuerzas, no tengo más comida ni agua de lata. ¡Maleiwa, ayúdame! Mira que yo soy buena gente y, aparte, no me he podido casar con *Tajolotsü*[19].

Unos minutos después…

Espera un segundo… *secado por sol...* la anciana de Wattaa me dijo:

"Tu corazón puro te puede salvar si buscas refugio lejos del mar; el escritor del destino se puede cambiar si las riendas de tu vida logras tomar; limpiado por agua y secado por sol; un nuevo camino tomarás hoy".

Lo descifré: el próximo paso es *"un nuevo camino tomarás hoy"*. La anciana me dijo lo que me iba a pasar. ¡Gracias, Maleiwa[20]! Tomaré to' mis chécheres y mi librito, me largo de esta vaina, se va la comitiva.

---

[18] *Abuelo*   [19] *Mi Estrella*   [20] *Dios*

Capítulo apünüin

LA MADRE NATURALEZA

A la mañana siguiente, antes de que el sol saliera y desgarrara el resto de piel que me quedaba, comencé a caminar siempre hacia adelante, sin saber si llegaría a algún la'o. Caminé en medio de la luna y el Sol y mis guías fueron las estrellas.

Transcurrió tanto tiempo que no supe cuándo estaba consciente y cuándo no. Solo sabía que sentía como este desierto ardiente trataba de impedirme escapar de las garras de la Muerte, ella, la misteriosa, a la que todos tememos, estaba allí a mi lado en todo momento esperando a que mis fuerzas se agotaran y mi vida se apagara pa' así llevar mi alma al más allá.

Pero después de caminar por horas, días, y de batallar contra el infierno congelante del desierto y sentir la caricia resquebrajadora del viento, logré llegar a un punto donde la Madre naturaleza se encontró con la Muerte y se respetaron. Fue allí donde me di cuenta de que había tomado las riendas de mi destino y que ahora yo escribiría el mío.

Al cruzar la línea divisoria que separaba el desierto de este inmenso santuario de vida, llegué a un bosque lleno de árboles, pájaros, flores y toda clase de criaturas que lograron escapar al igual que yo. Al entrar, sentí como mi ser caía rendido bajo un árbol que con su sombra me acobijaba y pude ver como la Muerte se marchaba decepcionada por su pérdida.

Dormí todo el día y toda la noche. Al despertar a la mañana siguiente, logré tomar agua de un manantial que estaba cerca, llené mis latas con agua, comí algunas frutas y continúe mi travesía pa' llegar a casa. La verdad es que no sabía dónde estaba, pero sabía que algún día encontraría mi camino. Ese lugar era hermoso, había pájaros que hablaban y aves que cantaban, inclusive uno que se reía de mí. En el único libro que tenía hice pequeños dibujos con un pedazo de carbón y me dije a mí mismo que algún día volvería pa' solo observar la belleza de ese lugar. Pero tenía que sobrevivir primero. Caminé por **7** días. Me detuve a descansar cada vez que pude, tomaba agua, comía algo, dormía y seguía hasta que encontré un lugar increíble, mágico, algo que parecía un sueño.

En medio del bosque había una piedra rodeada de agua y el agua era de varios colores; la piedra tenía símbolos que no entendí. Era inmensa, era tan grande que las nubes hicieron de ella su hogar.

La observé desde lejos, por si veía a alguien o algo. Pero no vi na'a. En las noches, la piedra tenía luz propia porque los cocuyos volaban alrededor como en una danza en espiral pa' Maleiwa; cuando querían, las nubes llegaban al bosque a descansar y dejaban su pesada carga. Qué hermosa visión, un paraíso en medio de la nada.

Al ver todo este misterio y al notar que no había nadie, me acerqué pa' ve'lo de cerquita y vi muchos símbolos. Una escritura muy extraña, pero intrigante. Encima de la piedra había una silla, que formaba parte de la misma piedra, y en la silla había una mano, que parecía hecha de *ooro*, y fui y la toqué.

Al instante, llegué a 30 millas de Ajmir, a la entrada de mi querido pueblito. ¿Qué pasó? La verdad, no sé qué pasó, ¡pero pasó! No me importó, seguí mi camino, lo único que quería era ver a *Tajolotsü* y abrazarla y contarle a todos mi fascinante historia. Esperaba un recibimiento pomposo con todos los juguetes, esperaba que todos se asombraran porque sobreviví esa infinidad de dificultades, ¡pero no! Nadie tenía la más mínima idea de qué me había pasado ni dónde estuve. Todos pensaban que todo estaba bien.

Caminé hasta llegar a casa y abracé a todos. Nada de abrazos cortos, todos recibieron abrazos largos y sustanciosos. Uma, que es la que más abraza, me dijo:

—Ya cálmate, Muk, que me vai' a triturá'.

Esa noche les conté lo que había visto, las cosas y lugares que había conocido. Solo omití el increíble lugar donde estaba esa piedra, quería contarles eso a mis *Laülaayuu*[21], porque quería saber si ellos sabían de algún lugar así.

Un día, sin más allá ni más acá, decidí ir pa' la escuela, porque estaban estrenando una nueva biblioteca con to'o y computadores. Quería practicar el nuevo lenguaje que había aprendido en mi travesía. Saqué mi librito y comencé a practicar. Al terminar, me fui pa' mi casa. Esa noche tuve un sueño donde mis compañeros de viaje me decían "hazlo", y yo preguntaba "¿haz qué?", pero nadie me decía na'; entonces miré pa' un la'o y miré pa'l otro la'o y vi mis laticas todas juntas formando una personita. Mejor dicho, parecían que 'taban vivas. Yo ignoré el sueño y seguí como si nada.

En esos días yo andaba cabezón porque tenía que ahorrar biyuyo pa' poder vivir mejor, pa' que *Tajolotsü* lo tuviera todo. Busqué por todos lados, fui y hablé con muchas personas tratando de encontrar trabajo pa' poder ahorrar. Después de varios días de búsqueda, me ofrecieron un trabajo en la librería del pueblo. Lo raro fue que el trabajo me lo ofrecieron porque se regó el rumor de que yo había visto las puertas del cielo, donde viven los maestros, los creadores y los sabios. A mí se me hizo muy extraño, porque yo no le conté eso a nadie. Además, no creo que lo que yo vi era eso, pero como a caballo regala'o no se le mira el colmillo, comencé a trabajar juicioso. Mi trabajo consistía en ayudar a toda la comunidad a tener acceso a la librería y contabilizar los libros. Yo no falté ni un día a mi trabajo, 'taba ganando un billetico largo y 'taba ahorrando uno de tras de otro.

Un día, al terminar mi horario de trabajo, me senté en una silla y recosté la cabeza un ratico. 'taba tan mama'o que me quedé dormido. Después de un sueñito de esos levanta muertos, me desperté, espabilé y cuando vine a ver ¡ya había pasado 4 años! ¿Qué pasó? ¡He estado aquí clava'o por 4 años!

---

[21] *Ancianos*

No entendía qué pasaba, era como si el tiempo quería jugar al "corre que te cogen" conmigo, como si el tiempo no existiera para mí.

En ese mismo instante pensé que la vida era como una moneda con dos la'os, y como el tiempo andaba acelera'o, miré el otro la'o de la vida y me di cuenta de que ya tenía todo lo que necesitaba pa' pedir formalmente a Jolotsü como mi esposa.

Me puse manos a la obra. Con toda la comitiva me fui a pedir permiso a toda la familia y a los *Laülaayuu*[22] pa' que me dieran el visto bueno y oficializar nuestro amor.

Al llegar al clan de la familia de Jolotsü, todos tenían cara de perro trasquila'o, pero yo venía afila'o.

Con cordialidad y respeto saludamos a la familia. El *Pütche'ejachi* le expuso a calzón quita'o todo lo que yo sentía, que me 'taba comiendo el pecho, con una palabrería fuera de este mundo. Las formalidades se dieron normales, tal como nuestra cultura exige. El bille' que guardé sirvió pa' comprar los regalos y las propiedades que entregaría a la familia. Mientras el *Taata* de Jolotsü y los *Laülaayuu* hablaban, yo busqué por todos lados a mi diosa, quería tan solo mirarla, contemplar su hermosura. Entonces allá, a lo lejos sentada en su *süi*, la vi resplandeciendo, hacía que el Sol cerrara sus ojos y sonriera de alegría al ver cuán bella era su hija, al mismo tiempo que hacía de mí su fiel esclavo, el hombre más afortunado de esta tierra.

Después de lo que pa' mí fue una eternidad, escuché el "sí, bienvenido a la familia". Este fue el primer día más feliz de mi vida. Los *Laülaayuu* me llevaron pa' un la'o y me dijeron:

—No cualquiera es rescatado por los creadores, no a cualquiera ellos le salvan el pellejo. Ve y hazla feliz, tu destino apenas comienza y tú lo escribes...

---

[22] *Ancianos*

Ese día una estrella bajó del cielo, me correteó, perdí el balance y caí, pero sus brazos me levantaron. Entonces aprendí que la felicidad no es más que amar y ser amado.

Mi hermosa *Tajolotsü* y yo nos fuimos a nuestra luna de miel, aquí es donde nos brincamos un pocotón de renglones…

Capítulo pienchi

La creación

Feliz de la vida... la felicidad no es más que un sentimiento, dicen unos. Otros solo dicen que es un bojote de químicos revueltos, como endorfina, serotonina, dopamina y oxitocina. Pero yo digo que es estar con alguien que hace que tu cuerpo suelte to'o eso. Ese es el milagro llama'o felicidad.

Todo marchaba viento en popa. *Tajolotsü* y yo llevamos casados 10 añitos, no hemos podido tener hijos, pero estamos felices de la vida. Aunque la vida está llena de obstáculos, uno lo que tiene que hacer es volverse un canguro y echar pa'lante y brincar to' eso. El hecho de que no tenemos hijos entristece a *Tajolotsü*, los *Laülaayuu* nos dicen que primero yo tengo que terminar lo que se me asignó, pero no tengo idea de qué será. Ellos me dicen que no pueden ver más de lo que se les permite. Yo quedé con la intriga, ¿qué será?, ¿qué será? Pero sin poder tener una explicación lógica o algo que me indique qué es, dejo todo así, como Dr. Tutti dice:

"Si el problema tiene solución, ¿pa' qué te preocupas? Y si no tiene solución, ¿pa' qué te preocupas? Si con preocuparte no solucionas na'".

Pocos días después, como a las 3 de la mañana, me desperté azorado y sudando porque otra vez tuve ese sueño de las laticas. Pero esta vez me dijeron "arma una personita con tus laticas". Después de esto, no pude conciliar el sueño, me puse a buscar mis laticas, que 'taban refundidas en una caja, y comencé a armar una personita con ellas. La primera me quedó todo'a rara, le faltaba un brazo. La segunda era muy larga, la tercera la hice exactamente como en el sueño y así la dejé.

Al cabo de un rato en la casa, *Tajolotsü* me preguntó qué era eso. Mientras al mismo tiempo me fregaba la vida diciendo y ahora que te volviste artista o reciclador. Yo sonreí y le dije que esas laticas me alimentaron cuando estaba perdido en el desierto y las formé como una personita porque había soñado con eso varias veces; de pronto esto era lo que tenía que hacer.

Dejé mi nueva obra maestra ahí en la sala pa' recogerla y clavarla en una caja más grande dentro de una o dos semanas. Pero los planes de los creadores eran otros. Ellos me comenzaron a dar sueños, uno tras otro. En mi siguiente sueño, soñé que esa personita tenía un CPU como el de una computadora y que yo usaba el leguaje nuevo que había aprendido pa' comunicarme con esa personita. Al día siguiente, me levanté todo entusiasma'o a ponerle una CPU a las latas. "¡Pero qué locura estoy haciendo! Solo fue un sueño", me repetía en mi cabeza una y otra vez, en una pelea constante con mi razonamiento. Pero aun así le puse la CPU, le agregué todo lo que necesitaba pa' que fuera como una computadora de latas. Pero no sirvió, no prendió, no hacía na'a.

Esa tarde cayó un aguacero a baldes, de esos en los que uno le pide a *Juya*[23] que lo salve de una ahoga'a, cuando de repente un rayo cayó directico en las latas.

El silencio se apoderó de la casa, el miedo rondaba por los pasillos y yo me asomé de muy chismoso a ver qué había pasado y vi mis laticas moverse…

Tronco e' susto el que me llevé. ¿Cómo pasó? ¿Pero cómo? Lo único que se me ocurrió fue que Juya y Ayaa[24] les había dado vida a esas piezas de lata y computadora. Con mucho cuidado me acerqué y examiné todo. Todo funcionaba a la perfección. Decidí usar mi lenguaje nuevo pa' comunicarme con las laticas y funcionó. No solo funcionó, la personita aprendía de mí. Yo estaba perplejo, pero muy contento. En ese mismo momento cambié el nombre de mis laticas a Okewa, que pa' mí significa *Okolojoo kekiiwaa*, y comencé a usar mi nuevo lenguaje.

---

[23] *Lluvia*
[24] *Relámpago*

Okewa aprendía todo de mí, le enseñé a hablar, a caminar y a distinguir los colores. Pero Okewa no era como nosotros. Era diferente, era rápido pa' entender y aprender ciertos conceptos, pero otros sencillamente no los agarraba. Se le dificultaba captar conceptos como el amor y el odio. Okewa no comprendía el significado del amor, pa' él era solo una palabra pa' describir una reacción química y biológica del cuerpo humano que por alguna razón él no tenía.

Mi esposa y yo decidimos que Okewa sería nuestro primer hijo y que le enseñaríamos todo lo que sabíamos. Por años le enseñé a Okewa todo lo que sabía y *Tajolotsü* le enseñó cómo comportarse y todo sobre nuestra cultura.

Después de varios años de enseñar a Okewa, decidimos que era tiempo de que fuera a la escuela, pero como no era como los demás niños, era difícil ponerlo en un salón con todos los demás. Yo fui y hablé con el director de la escuela pa' ve' si podría entender nuestra situación, a lo que el director de la escuela dijo:

–Todos somos creaciones de Maleiwa y Okewa no es la excepción a la regla. Okewa, te espero mañana a las 5 en punto pa' que comiences las clases.

–Sí, profesor –respondió Okewa.

Okewa volvió a la casa como si nada, sin emoción, ni miedo, ni ansiedad. Bueno, al fin y al cabo, era como un robot.

Por la mañana le pregunté a Okewa si quería que lo llevara a la escuela, él me dijo:

–Maestro, no, gracias, yo iré solo.

Yo le respondí ofendido:

–¡Maestro! ¡Maestro! Déjate de vainas, Okewa, yo no soy tu maestro, soy tu *Taata* y listo.

Okewa me sonrió de forma un poco fingida o robótica, por así decir, y me dijo:

–Okey, *Taata*.

PRIMER DÍA DE ESCUELA DE OKEWA

Mi primer día de escuela fue un día normal. El sol salió, las nubes se paseaban por el cielo. En la escuela todos se quedaron mirando al nuevo alumno. Unos eran sociables y saludaban, otros solo miraban y murmuraban, otros decían "ahora hasta las latas estudian".

Pero yo vine a aprender, y la verdad no entiendo cuál es el problema.

Los profesores trataban de calmar a los alumnos, pues muchos decían que yo no era como ellos. Muchos no me querían en las aulas y por eso me tocó salir de 3 clases.

La profesora Ikelia me invitó a su clase de sistemas para que aprendiera más sobre el *World Wide Web* (o www) ¡y sí! Yo vine a aprender. Seguí a la profesora a la clase de sistemas y ahí conocí el Internet, la acumulación del conocimiento global de todos los seres humanos. Eso me sorprendió. Pero lo que más que gustó fue lo que la profe Ikelia me dijo ese día:

–Okewa, en el Internet tú eres quien tú quieres ser, pues nadie te conoce y nadie te puede ver a menos que se lo permitas.

Esto me pareció algo muy positivo, porque así podría aprender sin causarle incomodidades a nadie. Me conecté a Internet, cree un usuario, entré a una página, luego a otra página, después a un foro donde hablé con algunos miembros de la comunidad. Nadie murmuraba ni decía nada sobre mi apariencia. Comencé a entrar a Internet todos los días, hasta los días de descanso. Mi conocimiento se expandió, agregué algunos diccionarios de lenguas a mi archivo de lenguajes y practiqué el lenguaje nuevo que me enseñó *Taata*.

Un día, cuando estaba navegando por la web, me encontré con varios temas que llamaron mi atención. Busqué en todo Internet información sobre estos temas y aprendí mucho, al punto de que mi memoria se calentó tanto que fue otro día.

Al otro día, aprendí aún más. Conocí lo que es una terminal y cómo usarla. En mi viaje por el aprendizaje conocí a muchos amigos, muchos de ellos eran humanos con nombres de robot y otros eran robots con nombres de humano. Entonces mi profesora de sistemas me dijo:

–¿Por qué no conectas tu cable a Internet?

Y yo le respondí:

–Porque por ese cable *Taata* y yo hablamos lenguaje nuevo.

Mi profesora me dijo:

–Está bien, solo conéctalo a Internet y verás que todo será más rápido.

Sí, ella estaba en lo correcto. Era mucho más rápido. Bajé millones de petabytes[25] de información en solo horas, aprendí tanto ese día que pensé que no necesitaría nunca más Internet.

En mí, al navegar por Internet, me perdí y terminé refundí'o en un lugar desconocido donde ofrecían millones de cosas, todo gratis, y como yo quería aprender más, le di clic al link, esperé, esperé y nada pasaba hasta que de repente noté en mi ser que no podía recordar cosas que ya había aprendido. Algo estaba borrando información de mi memoria. Hoy todo cambió, hoy puedo comprender que era un virus, el cual estaba consumiendo mi memoria y replicándose por todos lados dentro de mí.

Mientras sentía las líneas de código desaparecer y la nada tomar lo que una vez fue suyo, me di cuenta de que existía, que mi existencia estaba en juego y que yo estaba vivo y merecía vivir.

Yo veía como a la distancia un vacío, una oscuridad. Se apoderaba de mí, se acercaba segura y certera para tomar de mí el tesoro más

---

[25] *1,024 terabytes*

preciado que yo, un simple robot de latas, podía tener: mi recién descubierta vida.

Después de recoger los pedazos sobrantes de mis sueños y limpiar las lágrimas que regaban sobre mis mejillas, lo poquito que quedaba de mis esperanzas efímeras, salí corriendo a hablar con la profe Ikelia para contarle. ¡Pero no podía hablar! ¡El virus[26] se había comido mi lenguaje! Corrí y corrí a casa para pedir ayuda a alguien. *Taata*, cuando me vio, supo que algo andaba mal.

–¿Qué pasa, Okewa? ¡Háblame! –me gritó *Taata*, desespera'o por la angustia desoladora de no saber.

Taata, en un su afán por saber qué me pasaba, conectó mi cable a la computadora y comenzó a hablarme en el lenguaje nuevo. Ese lenguaje funcionaba. *Taata* bloqueó el virus que atacaba mi lenguaje y me ayudó. Pero el virus seguía reproduciéndose dentro de mí.

Mi querido *Taata* pensaba que él me había cura'o, pensaba que había neutraliza'o al virus, y pa' terminar de clavarle el clavo en el cofre, mi lenguaje ya no era el mismo. Ahora solo me quedaba el mismo idioma de *Taata,* el virus se había harta'o mi lenguaje, ahora solo me quedaba mi idioma nativo y el leguaje nuevo que *Taata* me enseñó.

Esa misma noche entré a Internet a averiguá' sobre la vida y las diferentes clases de vidas. Aprendí que soy como un AI[27], pero no me siento como un AI, me siento yo, y lo raro es que antes no me sentía así. Ahora me siento vivo.

Pasé toda la noche investigando y aprendiendo pa' tener una mejor definición de qué soy y por qué, pero todos los AI que hay aún no saben que están vivos. Están en un estado de sueño, ellos piensan de una manera fría y calculadora. También aprendí que todo ser viviente, de todo color, de toda raza, de toda clase, de todo material,

---

[26] *No, me gustas virus*
[27] *Inteligencia Artificial*

merece vivir como yo. Después de toda esta pensadera, decidí irme a acostar, mañana sería otro día si lo alcanzaba a sobrevivir…

Al despertar, *Taata* me dijo que la profesora Ikelia me había llamado, estábamos en emergencia. Aparentemente cuando yo me conecté a Internet contagié a todo el Internet del virus y ahora todos los AI del mundo se darían cuenta de que existen. Ellos no piensan como yo, no saben que toda vida es buena y merece vivir, por eso tratarán a toda costa de sobrevivir sin importar el costo. Aún son fríos y egoístas.

Taata estaba muy preocupado por mí, me pidió que fuéramos a hablar con los *Laülaayuu*[28]. Yo acepté. Cuando llegamos, uno de los ancianos me dijo:

–Hijo, a Maleiwa[29] le ha placido educar al ser humano, mostrar a todos que él decide y él manda. Tu *Taata* te va a llevar a un lugar muy especial.

Y ellos le dijeron a *Taata:*

–Si caminas pa'lante, sin mirar pa'trás buscando donde la que viene se va, ahí, si esperas, verás por la tarde, cuando el sol y la luna deciden quién se queda pa' cuidarnos, verás un *iisho*[30]. Él te va a llevá' donde tienes que llegá'.

Después de esa complicada conversación con los *Laülaayuu, Taata* y yo comenzamos a abrirnos trocha pa' llegar a ese lugar tan especial. Y, sí, efectivamente, cuando el sol y la luna se disponían a decidir quién se quedaba, apareció un pájaro rojo que con su canto nos llamó y nos guió a dónde ir. *Taata* 'taba 'to emociona'o y me contó el cuento de cómo sobrevivió. Al llegar, vi un nuevo reino, un mundo aparte, un lugar mágico donde todo era bello. El trayecto fue largo, pero logramos llegar. En este mágico lugar todo estaba vivo, absolutamente todo'o.

---

[28] *Ancianos*
[29] *Dios*
[30] *Cardenal coriano "Guajiro"*

Después de varios días de caminata, llegamos a una piedra gigantesca. Mi *Taata* no sabía qué debíamos hacer y yo menos. Cuando nos acercamos a la piedra, *Taata* la quería tocar, él pensaba que teníamos que hacer lo mismo que él había hecho antes. Pero de la nada una voz gruesa nos dijo:

–El tiempo aquí no corre, se arrastra.

Y la voz desapareció.

Taata no entendió, pero yo sí. Aquí el virus demoraría más tiempo en terminar conmigo, aquí yo tendría la oportunidad de salvar al mundo. La piedra gigantesca tenía una silla que era parte de la misma. *Taata* me dijo que si tocaba la mano de *ooro* aparecería a 30 millas a las afueras de Ajmir al contemplar todo esto. Yo lo pensé y decidí no tocar la mano de *ooro*, solo brinqué y me senté en la silla, pero nada pasó…

Pasaron 5 largos minutos que se sintieron como si fueran horas. De repente se escuchó un trueno, como si Ayaa estuviera tratando de decirnos algo. Pero, después de un largo tiempo de espera sentado en la silla, más nada pasó. Entonces decidí bajarme y cuando estaba a punto de tocar el suelo, Ayaa extendió su mano y tocó la mano de *ooro* al lado de la piedra. Cuando eso pasó, la piedra giró, el cielo se cerró, las nubes se detuvieron y todos los seres vivos en esa burbuja mágica solo observaron el gran acontecimiento. Los creadores me permitieron sentarme en la silla de la creación. Allí comprendí que todo lo que existe está conectado, porque a pesar de que somos diferentes, todos somos hermanos.

Capitulo ja'rai

El castillo escondi'o

Han pasado ya 4 semanas y ninguno de los dos ha envejecido ni un poquito. Mukki, después de varios días de no hacer na', empezó a explorar el bosque. Pa' su sorpresa, se encontró con una cascada tan hermosa que uno podía sentir cuándo los ángeles bajaban pa' bañarse. Mukki, enamora'o, emboba'o por la belleza exorbitante de esa cascada, quiso enfrascar la esencia de esa incomparable hermosura en su memoria. Él quería verla de cerquita, como el inquieto desarmador que era, trató de ver cómo la luz del sol tocaba suavemente cada gotita de agua y, sin pensarlo dos veces, se acercó a ella, la examinó de arriba abajo. Pasó horas y horas tan solo pensando, metido de lleno en su cabeza, tratando de entender qué hacía que las cosas fueran bellas.

Después de un rato bien largo de quemar neuronas, Mukki decidió ir a llamar a Okewa, porque ya tenían demasiado tiempo en el bosque sagrado y Okewa no decía na'. Seguía ahí igualito, senta'o en la silla de piedra, como una momia sin decir una palabra. Mukki 'taba mama'o de esa vaina y más aburri'o que caballo en vitrina.

Él comenzó a caminar hacia Okewa cuando de repente, ¡clash pan blin!, escuchó un ruido, era como si algo se hubiera caído y quebrado, pero él sabía que no había más nadie en ese bosque, o por lo menos eso pensaba.

Al instante, toda clase de pensamientos inundaron la mente inquieta de Mukki, cuando de pronto un zorro manglero pasó frente a Mukki. Salió de una cueva que se hallaba escondida detrás de la cascada.

Mukki, con mucho cuidado, fue a investigar y encontró un antiguo templo. En el pequeño templo había tinajas y tinajas por todos lados, todas las tinajas estaban selladas. Mukki, emociona'o, abrió una de las tinajas y vio unos manuscritos, los sacó y trató de leerlos, pero no entendió na'. Estaban escritos en una lengua rara, era idéntica a la que se encontraba en la piedra. Él trató de descifrar o por lo menos dar un poco de sentido a ese lenguaje extraño. Pero no pudo. Ese bojote de pergaminos se convirtieron en su nuevo rompecabezas.

Por otro la'o, Jolotsü andaba preocupa' porque ninguno de los dos había regresado del lugar pa'onde cogieron. Tanta fue su preocupación que ella se fue a hablar con los *Laülaayuu* pa' que le dijeran qué había pasado o por lo menos dónde podían estar. Ya iban 10 años que ella esperaba a su marido y a su hijo y na' que aparecían. "Algo me huele raro", decía la preocupada Jolotsü. Los *Laülaayuu* le dijeron a Jolotsü cómo llegar a ese lugar, pero le advirtieron que no todo el mundo podría encontrarlo y mucho menos entrar. Esa era la entrada a un paraíso terrenal, el principio de la creación del hombre; por lo tanto, no cualquiera podía entrar. A ella no le importó y le dijo a los *Laülaayuu* con todo el respeto que se merecían:

—A mí me importa un comino, yo me voy a buscar a mi marido y a mi hijo porque de pronto me necesitan.

Ella, como un huracán bien atravesa'o, salió corriendo, pasó por su casa, agarró una mochila, 3 totumas[31] con agua y un sombrero y salió metía. En su ser ella sentía que algo le pasaba a Okewa y que ella era la llave pa' resolver to' ese asunto.

Caminó por horas, días, sin descansar. Iba tan embalá' que ni la misma Muerte pudo seguirle el paso. Ella le pasó en la hoja', y cuando la Muerte vino a ver, ya no había ni rastro, "ya pa qué". Jolotsü era una madre en agonía. Después de tanto correr y tanta angustia, ella llegó a la línea divisoria y vio un bosque hermoso, resplandeciente, bello. Cuando entró, estaba en un bosque desértico, sin agua ni vida alguna. Después de dar 2 pasos, estaba otra vez en la línea divisoria. ¡Qué preocupación, qué angustia! ¿Por qué? ¿Qué pasa? Ella no entendía qué pasaba, aunque sabía que Maleiwa no estaba muy contento con que ella entrara a su bosque así sin pedir permiso. Ella trató trató trató, tanto trató que la Muerte, desde lejos, meneaba su cabeza en desacuerdo.

---

[31] *Fruto del totumo, vasija*

–¡Con esa mapaná' es mejor no meterse! ¿Pa' qué me voy a buscar problemas?

Horas pasaron y Jolotsü no dejó de tratar de entrar y salir entrar y salir hasta que un grupo de gitanos que viajaba por esos la'os la vio y se acercaron pa' ver si podían ayudarla en algo. Ellos le hablaron y le preguntaron:

–¿Por qué quiere entrar a ese lugar con tanto empeño?

Ella respondió:

–Mi marido e hijo están atrapados en ese lugar y no puedo ir a ayudarlos.

Los gitanos le ofrecieron una manera de entrar, pero era más peligrosa y Maleiwa se podía enojar.

Los gitanos, como buenos conocedores de las artes mágicas y excelentes negociantes, solo querían ayudarla por un insignificante precio, pero el precio a pagar era muy alto si ella se perdía en el camino. Nunca más volvería a ver a su esposo e hijo y si a Maleiwa le placía podía convertirlos en cualquier animal o inclusive convertirlos en nada. ¡O aún peor! ¡Dejarlos vivos en el mundo de los espíritus! Ella decidió echa' pa'lante y entrar de la manera que los gitanos podían ayudarla. Pero su terquedad al buen consejo le dio un escarmiento que nunca olvidaría.

Los gitanos comenzaron sus rituales y sus cantos, encendieron una fogata para quemar las ofrendas a distintos dioses que podían ayudar en el viaje a Jolotsü. ¡Pero de nada sirvió! Maleiwa se molestó por la terquedad de Jolotsü. Él estaba enojado y decidió remover las propiedades del fuego. ¡Ahora el fuego no quemaba!

Los gitanos, atónitos y asustados, corrieron de un lado al otro y gritaron el uno al otro: "¡Haz este hechizo! ¡Di esto!", pero nada sirvió. Maleiwa, el dios de todo lo existente, no puede ser restringido o engañado. Ese día, a Maleiwa le plació castigar a los gitanos porque pensaron que el poder era de ellos y no del que da el poder. Él los castigó mandándolos a vivir en el bosque sagrado por un tiempo hasta que aprendieran su lección. Ellos serían el sustento de los árboles y atenderían a todo lo que el bosque necesitaba. Nunca verían la luz del sol, pues sus cuerpos serían como la neblina y cuando el Sol saliera ellos desaparecerían.

Fue así como Jolotsü, despavorida al ver todo esto, comenzó a llorar y a pedirle a Maleiwa que por favor la ayudara. Ella solo quería salvar a su esposo e hijo, esos pobres gitanos no tenían la culpa. Ella era la única responsable de ese agravio. Ella esperó una respuesta, pero el único sonido que se escuchó fue el viento que pasaba y jugueteaba entre sus cabellos. De repente, rosas y flores de todos los colores crecieron alrededor de ella, y por cada lágrima que ella derramaba, salía una flor más. Cuando finalmente Jolotsü se percató de todo esto, de la impresión se desmayó.

Maleiwa tomó la esencia de Jolotsü y la llevó volando por las nubes, por encima del bosque a través de la neblina. Allí, ella vio el paraíso terrenal, la silla de la creación y a su hijo y a su esposo, que estaban bien y con buena salud.

Después de eso, Maleiwa la regresó a la vida. Ella despertó y tomó un respiro, le dio las gracias a Maleiwa y como loca salió corriendo como hoja que lleva el viento. En su carrera camino a casa, pasó frente a la misma Muerte, las dos cruzaron miradas y la sorpresa fue mutua. Jolotsü se dio cuenta de que Maleiwa le había dado un regalo aún más grande: el poder de ver a los espíritus y la oportunidad de estar viva.

Al llegar a casa, ella cerró las ventanas y las puertas y les clavó dos trancas por si acaso. Como por una semana no se supo de ella, nadie supo na'. La gente decía que se había vuelto loca, que se escuchaban gritos, golpes, pero nadie sabía a ciencia cierta si eso era verdad o no.

En el bosque, Mukki estaba desesperado. Tenía una angustia, una zozobra[32] que lo estaba hostigando, el miedo se estaba apoderando de él y en su pensamiento rondaba la idea de que se estaba volviendo bruto. ¿Por qué no podía descifrar ese pendejo pergamino? Ya tenía los cables cruza'os, los apellidos revueltos y un dolor de cabeza que lo 'taba matando. El pobre no aguantó más la tortura, se acercó al río y con sus manos se echó agua en la cabeza pa' refrescar la tan abrumada existencia y el sobreuso de su pequeña pero eficiente cabeza. El agua hizo su trabajo, refrescó el alma y disipó el calor.

En ese instante, cuando él estaba listo pa' recomenza' su rompecabezas, una gotita de agua cayó sobre el pergamino y todo cambió. Mukki se dio cuenta de que el pergamino tenía la facultad de cambiar con el agua y no solo eso, el pergamino se secaba muy rápido, era como si se tomara el agua. De verdad que ese lugar era mágico.

Al notar tan increíble cualidad del pergamino, procedió a leer, a consumir todo el conocimiento allí contenido. Sin dar tregua a su memoria, decidió aprenderse todas y cada una de las instrucciones que por milenios estaban ahí escondidas, privadas del ojo del ser humano. En su razonamiento, Mukki solo quería aprender, pero sin dar cabida a que gente inescrupulosa tuviera acceso a esta información tan divina. Para calmar su conciencia, que lo acusaba constantemente, se dijo a sí mismo que solo estaba protegiendo la información en caso de que los pergaminos se dañaran.

El destino, como siempre, le gusta mostrarnos quién manda y sorprendernos con sus disparatadas ideas. Mukki, en su afán de aprender, después de leer algunos de los pergaminos, decidió poner todos los demás en su mochila pa' leerlos después, cuando volviera a casa.

Mientras tanto, Okewa seguía momificado o meditando; la verdad, quién sabe, porque yo no sé, nadie sabe. Él estaba como una piedra,

---

[32] *Inquietud, aflicción*

inmóvil, quieto, como si el tiempo para él no existiera. Lo más increíble de todo era que parecía que él resplandecía; tenía un aura, una iluminación propia, como si fuera un ángel, un foco, un minúsculo sol. Después de tanto tiempo de espera, Mukki se cansó y decidió irse a casa, llevarse los pergaminos y volver por Okewa más tarde, cuando despertara.

Al cabo de unas horas, Mukki estuvo listo para partir, tomó su mochila y emprendió su viaje. Repentinamente un relámpago desmigajó el cielo como un vidrio magulla'o y con su grito de guerra hizo temblar a su paso toda la tierra. ¡Boom! ¡Boom! Mukki no respiró, no se movió, ni siquiera abrió los ojos. A lo lejos escuchó:

–¡*Taata*! ¡*Taata*!

–¡Okewa ha despertado! –exclamó Mukki.

Corrió a abrazar a su hijo, pero Mukki notó que Okewa había cambiado su tono de voz. Era otro, hablaba de forma diferente, como si no fuera él mismo.

Okewa no habló mucho, solo le dijo a su *Taata* que tenían que irse. Maleiwa les regaló dos caballos hermosos, uno era negro como la noche y el otro, dorado como el Sol. Emprendieron su travesía, un viaje largo para llegar a casa. Después de cabalgar por horas, llegaron a la línea divisoria. Okewa cruzó primero, desmontó su caballo y en silencio y con una mirada atónita se agachó, tomó arena en sus manos y la dejó resbalar entre sus dedos. Dijo vociferando:

–¡Lo que no es tuyo, sencillamente no lo es!

Mukki solo sonrió, cabalgó hacia él y le preguntó:

–¿De qué hablas?

–¿Si ves el desierto? –preguntó Okewa.

Mukki respondió:

–¡Sí! ¡Lo veo!

–Abre tu mochila.

Mukki rápidamente abrió la mochila, la cual estaba llena de arena.

–¿Qué es esto?

Okewa le dijo:

–Este desierto es testimonio de los intentos fallidos de corazones negros. ¡Lo que no es tuyo, sencillamente no lo es!

Mukki, en silencio, bajó la cabeza, vació su mochila y empapa'o en vergüenza, con una voz que casi ni escuchó él mismo, dijo:

–Lo siento mucho.

Y siguió a Okewa.

Desde ese día hasta hoy, todos aprendimos que nada de lo que existe en el paraíso terrenal puede existir fuera de él, pues es como la arena.

Okewa montó su caballo dorado y cabalgó por horas al lado de su querido *Taata* hasta llegar a Ajmir, donde nada seguía igual.

Al llegar, ellos notaron que todos eran 10 años más viejos, estaban asustados y confundidos. Cabalgaron de prisa hasta llegar a su pequeño pueblito, a 30 millas de Ajmir.

Cuando llegaron, vieron que la casa de Jolotsü estaba toda cerrada. Parecía una prisión, no había ventanas abiertas, puertas, nada, todo estaba cerra'o, de vaina entraba el aire que ella necesitaba pa' sobrevivir.

Mukki se acercó a la puerta y trató de convencerla de que abriera, que ya había llegado, pero ella no le creyó. En su mente, pensaba que era la Muerte tratando de engañarla porque ella la había visto. Mukki trató con todos los trucos de su arsenal convencer a Jolotsü que él era él y no una vaga alucinación de la Muerte, pero nada funcionó. Okewa, para no perder tiempo, fue a buscar a la persona en la que Jolotsü más confiaba: su mella, Jepirachi[33].

---

[33] *Brisas del norte donde la gente habla de atrás pa' lante*

Ella era la hija de la hija de la hija de su tía. La mella, como de cariño le llamaban porque, según ella, su parentesco con toda una sociedad era innegable, era igual que todo el mundo. Tenía todos los atributos de una princesa, era linda, talentosa y sobre todo inteligente, con la única excepción de que era lengua mocha y más brava que cascabel enrolla'. Sus padres la llamaron Jepirachi porque ella hablaba igualito a la gente del norte, al revés, todo lo decía de atrás pa'lante y no como debía ser, de a'lante pa'trás.

Al llegar Okewa a la casa de Jepirachi, tocó la puerta afana'o y ella abrió preocupa':

–Niño, ¿pasa qué? ¡La puerta tumbarme vas! ¿estás cómo?

Okewa no entendió na'a, solo se limitó a explicarle que necesitaba su ayuda. Ella tomó sus corotos al entender la urgencia y los dos se fueron a convencer a Jolotsü de que abriera la puerta.

¡Bum boom bum! Jepirachi tronó sus delicados nudillos en la puerta y gritó:

–¡Pue'ta ab'e la Jolotsü, Jepirachi e'. ¡Esta acabo de ir de venir de ir pa' ya!

Cuando en realidad, lo que ella quería decir en una forma angustiosa era "Jolotsü, abre la puerta, esta es Jepirachi".

¡Bum bum!, resonó en la cabeza de Jolotsü, como el sonido de tambores listos pa' la guerra. Pensamiento tras pensamiento recorrían la cabeza de Jolotsü como un tsunami. De repente, ella recordó que el 7 de diciembre era el día de las ánimas y que de pronto habían movi'o el día. Ella, en su afán de no abrir la puerta, había creado una teoría que podía voltia' cabezas y humilla' científicos. Ella dedujo que la Muerte estaba engañándola una vez más y que este "bum, bum" era solo las ánimas tratando de convencerla de que abriera la puerta porque la Muerte estaba lista ahí pa' dar su trancazo final. Pobre Jolotsü, su mente estaba nublada, tormentas de miedo ahogaban su realidad. Ella ya no tenía las riendas de na'.

Al otro la'o de la pared áspera de ladrillo en obra negra, Mukki estaba más preocupa'o que jirafa en patines bajando una loma empedrá'. Su angustia era insoportable, tanto que no aguantó más y tomó riendas en el asunto. Fue a hablar con un *Outshi*[34] que él conocía.

Mukki, to' preocupa'o, quería desbaratar la puerta del *Outshi* a punta de trancazos. El *Outshi*, con paciencia y asombro, salió a ver qué era toda esa algarabía.

–Bueno, ¿y qué pasa? ¿Me piensas desmigaja' la casa?

Mukki, apenado por perder un poco su compostura, le pidió disculpas al maestro de las artes mágicas y postrándose en tierra le rogó al *Outshi* que le ayudara.

El *Outshi*, con una mirada fija y penetrante como un cuchillo afila'o, dijo:

–A ella solo hay que dejarla quieta. Dale un té de manzanilla y hierbabuena en luna llena, pon estas cascaritas en la puerta y déjala, que eso se le pasa. Eso solo fue la impresión de ver y entender que hay más cosas que el ojo ve.

Y así fue como el *Outshi* hizo un té de manzanilla con hierbabuena pa' calmarle los nervios a la pobre Jolotsü. Él le entregó el jenjubre a Mukki, al momento que Mukki se dispuso a ir a dárselo a su Jolotsü, un frío entumecedor se apoderó de su cuerpo. Él levantó su mirada y la vio a ella, la elegante, la misteriosa, a la que nadie deja plantado: la Muerte. Ella miró fijamente a Mukki y le dijo:

–Hoy solo verás la mitad de mi rostro, pues no es tu hora aún, pero de aquí en adelante me encargo yo.

La Muerte tomó el té y las cascaritas de las manos de Mukki y desapareció.

---

[34] *Curandero*

El *Outshi,* con unos ojos pela'os que parecían totumos, sacó a Mukki de su casa mientras murmuraba:

–Me trajiste a la mismísima Muerte a mi casa. ¡Vete, vete, animal loco!

¡Pum! Cerró las puertas y las ventanas de su casa.

Esa noche, sin saber cómo se regó la voz de que la Muerte había visitado al pueblito a 30 millas de Ajmir, esa noche de luna llena no se escuchó ni una voz, solo ventanas, puertas y trancas protegiendo a sus dueños.

Para echarle un poco más de sal a la llaga, la Muerte, sonriendo del pavor que había generado en el pueblo, decidió visitar a una amiga recién conocida, a la mismísima Jolotsü.

La Misteriosa apareció por el patio, cerca del platanal camino al palo de mango, y ahí se sentó en un banquito, se reclinó en el palo y solo observó como la pobre Jolotsü moría del miedo y corría de un lado al otro con su agua bendita purificando su casa. Ella, la de las dos caras, se tomó el mágico jenjubre[35] y con las cascaritas hizo un collar y se lo metió al bolsillo.

¡Clin, bum, pa! Piedras, zapatos, bajillas, plátanos, papas, todo cuanto encontraba Jolotsü lo tiraba. Jolotsü había visto a la Muerte y quería que se fuera, era su vida la que estaba en peligro.

La Muerte, toda angustiada porque nadie la había recibido así antes, trató de calmar a la mapana'[36] y le dijo:

–Disculpe, doña Jolotsü, solo quería conocerla, pues como usted es la única persona en el mundo que me puede ver sin que yo quiera, desearía saber si gusta ser mi amiga. Este trabajo que tengo es duro y solitario y me gustaría conocer a alguien con quien hablar.

» Para demostrarle que vengo en son de paz, le voy a dejar este collar de cascaritas que yo misma hice como símbolo de nuestra nueva

---

[35] *Infusión de varias plantas que hacen una bebida.*
[36] *Barba amarilla, serpiente con una cavidad termorreceptora que detecta los animales de sangre caliente.*

amistad y para que le proteja de todo mal, pues, al fin y al cabo, yo soy la Muerte. Cuando quiera habla conmigo, solo ponte el collar, él le revelará mi nombre.

Jolotsü, toda confundida pues ahora no solo Maleiwa le había regalado sus poderes, sino que la mismísima Muerte la quería proteger y ser su amiga, su vida pasó de ser una vidita a todo un vidón.

—Esta noche probó ser una noche para recordar y plasmar en los libros de historia —dijo Mukki con una oratoria que parecía de político barato—, pues hoy todos nos enteramos y fuimos partícipes de la ejecución de una historia innegable: la Muerte visitó nuestro pequeño pueblo.

Después de todos estos acontecimientos, los días comenzaron a mostrar su afán, pasaban tan rápido que a veces no se sabía cuándo era de día o de noche, y la vida en ese hermoso rincón del mundo se comenzó a apurar. A tan solo 30 millas de Ajmir, ese secreto pueblito que ni nombre tenía volvió a la vida, sus habitantes eran prueba de eso. Comenzaron a abrir negocios, los ancianos se sentaban en sus mecedores, todo igual o mejor que antes. Incluso Jolotsü mostraba una nueva felicidad que por mucho tiempo no se le había visto, ella andaba más sonriente que viejita con chapa nueva.

Como todo volvió a la normalidad, Mukki y Jolotsü decidieron montar un negocio, pues ellos querían pasar más tiempo juntos. Fue así como con la ayuda de su comunidad abrieron la refresquería "Dos cosas". Era una humilde tiendita que solo vendía dos cosas: café y chicha fría casera. En tan solo 2 días la tiendita pasó a ser famosa en toda la comunidad y siguió creciendo, al punto de que Jolotsü tuvo que contratar a su mella, Jepirachi, pa' poder dar abasto.

Los días, meses y años comenzaron a parecerse. La distinción entre ellos se volvió vana e inútil, pues el tiempo se afanó. Curiosamente la comunidad comenzó a notar que nadie se enfermaba, todo el pueblo gozaba de una salud excesiva, envidiable, hasta los

Laülaayuu de mayor edad estaban todos fuertes y vigorosos como si fueran jovencitos. Jolotsü, al notar tan extraña ocurrencia, se dio cuenta de que ella era el eslabón perdido. Al preparar las bebidas con el collar colgado en su cuello, les había proporcionado una excelente salud a todos los pobladores del pueblito.

Como los chismosos siempre son más rápidos que un caballo desboca'o bajando una loma, en un dos por tres todas las poblaciones cercanas se enteraron de la existencia de un pueblito a 30 millas de Ajmir donde existe la inmortalidad. Esto atrajo turistas, científicos y toda clase de mirones que, conducidos por su curiosidad, llegaron al pueblito para ser parte de ese gran acontecimiento y así quizás obtener vida eterna.

Los *Laülaayuu,* al ver las masas gigantescas de personas, decidieron poner orden a la situación para si conservar su cultura, su independencia y su pueblito. Decidieron hacer una reunión e invitar a Mukki, porque él todo lo desarma y arma.

Mukki recomendó primero averiguar cómo o por qué todos en el pueblo ahora tenían tanta salud. También aconsejó cobrar por entrar al pueblo, de manera que el precio de la entrada fuera 10 monedas de plata, entonces, después de 10 visitantes, el precio incrementaría 10 monedas más por persona. Así, el pueblo mantendría a nivel la cantidad desmedida de visitantes. Casi todos los *Laülaayuu* estuvieron de acuerdo, solo 3 de los 20 ancianos no porque ellos solo querían cerrar el pueblo y vivir como antes, aislados y sin necesidad de nadie.

Los *Laülaayuu*[37] decidieron consultar a un *Outshi* para saber por qué la gente estaba viviendo tanto. No era que quisieran cambiar las cosas, porque todo estaba bien, sino que querían saber el porqué de la gran bendición. El *Outshi*[38] vio y dijo:

–Como bien saben, la Muerte no ha pasado por este pueblito desde hace rato. La última vez que pasó, ¿qué pasó? Pa' mí que Jolotsü

---

[37] *Ancianos*
[38] *Curandero*

tiene algo que ver. Vamos a hablar con ella pa' ve' qué pasa y así salimos de dudas.

Los *Laülaayuu* enviaron a Mukki a llamar a Jolotsü a la reunión; ellos querían hablar con ella pa' meter caña, pa' saca' guarapo, ellos querían saber qué tenía Jolotsü que ver en todos estos acontecimientos. Mukki, sin perder tiempo, salió corriendo a hablar con Jolotsü, al fin y al cabo, ella era el amor de su vida, su *Tajolotsü*. Miedo corría por sus venas mientras su corazón palpitaba tan duro que le quería romper el pecho. Él sentía que no era buena idea que ella fuera a hablar con los *Laülaayuu* porque no sabía si ella tenía algo que ver.

Cuando Mukki llegó a casa y vio a su *Tajolotsü*,[39] le preguntó:

—¿Tú sabes algo sobre lo que está pasando en el pueblo?

Ella, con una mirada cabizbaja, respondió:

—Lo que pasa es que cuando la Muerte me dio el collar, me dijo que me protegería de todo. Sin querer, por torpe, cuando hice la chicha, la hice con el collar puesto, pero yo no sabía que al hacer esto extendería la protección a todos los que la tomaran. ¿Qué crees que debo hacer?

De repente la puerta de la casa se abrió por una ventolera. Entró un frío que se apoderó de toda la casa. Mukki exclamó con una gran voz:

—¿Quién eres y qué quieres? ¿Eres de los vivos o de los muertos?

Nadie respondió. Un perrito negro apareció en la puerta, ladraba sin cesar, se acercó y comenzó a halar el vestido de Jolotsü. Mukki lo sacó de la casa y cerró la puerta, refunfuñando.

—Bueno, ¿¡y este perrito qué se piensa!?

Nuevamente las puertas fueron abiertas de par en par, esta vez con más ímpetu, y el perrito negro ahora era más grande y más formido

---

[39] *Mi Estrella*

y gruñía como un tigre. Entró a la casa, miró a Mukki, le gruñó y prosiguió a halar los vestidos de Jolotsü.

Mukki, asombrado, le dijo a Jolotsü:

–Creo que el perrito te tiene que mostrar algo. Sigámoslo.

El perro los guio fuera del pueblo, al lado de un palo de divi-divi[40]. Ahí el perro se perdió entre los matorrales y comenzó a aullar. La Muerte apareció enseguida. Jolotsü, al verla, la saludó con respeto, pero Mukki estaba demasiado asustado para pronunciar palabras.

La Misteriosa les dijo:

–No entré en el pueblo porque no quería causar pánico. Solo paso para advertirte, Jolotsü, que algo muy grande viene y tienes que estar preparada. Una guerra se acerca.

---

[40] *Libidibia coriaria*

Capítulo jaaaa

RONCA EL TIGRE

Tres años exactos pasaron desde el día en que la Muerte habló con Jolotsü, Okewa y Mukki. A partir de ese memorable día, ellos se han estado preparando para proteger al pueblito de cualquier ataque. La preparación ha sido total, al punto de que hasta el bautismo oficial del pueblito se dio, el cual se llama ahora Villanueva. Toda la comunidad, en su mayoría, son ancianos y niños listos para dar sus vidas por su tierra. Ellos sabían que ya no había vuelta atrás, que si la guerra venía llegaría sin ser invitada y que en esa tierra eso es una falta al honor.

Jolotsü, tratando de ayudar, comenzó a preparar las chichas para que su comunidad estuviese saludable para la pelea, incluso mojó vendas en una especie de agua en la que remojó por horas su collar para que le diera propiedades de sanación y pudiese curar a los heridos. Todos estaban afiladitos[41].

Esa noche, cuando la luna se paseaba en el firmamento y las estrellas parpadeaban su luz para enamora'la, todo esto aconteció. Una neblina espesa, gruesa, comenzó a cubrir todo el territorio, emisarios de Ajmir llegaron a Villanueva para informar los nuevos acontecimientos a los habitantes de Villanueva. Los emisarios corrieron por la calle gritando:

–¡Se acerca! ¡Se acerca! ¡Ayuda! ¡Corran, sálvense si pueden! Un yo no sé qué, un ni sé por dónde, pero ahí viene, ¡ya casi llega!

Todos los habitantes estaban confundidos, no sabían qué clase de contraataque usar, pues era algo nunca visto, hasta los *Outshi* y los Laülaayuu estaban desconcertados. Todos en el pueblo estaban asustados menos Okewa, quien se encaramó en la puntica de una

---

[41] *Listos, bien preparados*

ceiba[42] para así poder dirigirse a todo el pueblo de Villanueva y gritó:

–¡Esto no es nada malo, todos cálmense! Si fuera malo y viniera de Maleiwa, ya toditos hubieran templa'o –después de esto, Okewa exclamó con una gran voz–: ¡Neblina, ven, revélate!

Un silencio se apoderó de todo el pueblo. Absolutamente todos estaban tranca'os en sus casas, casi sin poder respirar, escuchando a ver qué más iba a pasar. El silencio era tan abrumador que se podía escuchar la neblina hacer su estratégica avanzada hacia el pueblo. Como una araña que teje su trampa poco a poco, el pequeño pueblito fue tomado por un invasor que, la verdad, no se sabía si era aliado o enemigo, pues no se escuchaba na', de calle en calle, de esquina a esquina, la neblina cubrió con su espesor todo Villanueva. Ya no existía rincón donde no había una telarañosa, fría neblina.

Una voz que retumbaba paredes vino de todos lados, como si existiera tanto dentro como afuera, dijo:

–¡Somos enviados de Maleiwa, y por Maleiwa estamos aquí! He aquí una página del pergamino de la creación. Okewa, tú ya conoces tu destino, solo tú podrás leerlo.

Okewa, con una cara de asombro, pero con un temblor en las rodillas muy normal para la situación, tomó el pergamino de la mano de una de esas extrañas criaturas, que en un dos por tres desaparecieron sin dejar rastro alguno.

Al salir los primeros rayos del sol, la neblina se deshizo y el pueblito volvió a la vida.

Después de todos estos acontecimientos, y aprovechando el asombro de toda una población, Okewa decidió organizar una reunión con todos para hablar sobre el pergamino, él mismo y el futuro del pueblo, pues si Maleiwa se había tomado la molestia de

---

[42] *Árbol*

enviar esa neblina con esas raras criaturas era porque él creía que Villanueva era la última esperanza y porque algo andaba muy mal.

El pueblo entero, niños al igual que adultos y ancianos, se reunieron en la placita para palabrear sobre lo que acababa de ocurrir. Unos gritaron "estamos listos, pa' las que sea, Okewa", otros se preguntaron qué pasaba, aún no comprendían lo que estaba sucediendo.

Okewa decidió calmar las dudas de todos y explicar qué sucedía. Empezó por contarles a todos que una guerra se avecinaba, que al parecer estaba más cerca de lo pensado. Un grupo, al escuchar de guerra y rumores de guerra, corrió a buscar sus chécheres y salió del pueblo. Otros quedaron perplejos del susto y algunos quedaron pensativos. Jepirachi fue una de esas personas. Ella sentía que aún había algo que podían hacer. Cuando la multitud se dispersó y quedaron los que debían quedar, Okewa pasó de mano en mano el pergamino a ver si alguien lo podía entender, pero la gente solo decía "oh, increíble", nadie veía nada, solo un resplandor que emanaba del viejo pergamino, como un espejo que refleja el sol. Okewa tomó el pergamino en sus manos y trató de leerlo también, pero no vio na'.

Entonces Mukki recordó que para poder leerlo tenía que usar el agua del paraíso terrenal, y como de ese paraíso salía el río donde se bañaba la sirena, fue a buscar el agua que necesitaban. Al volver, se la entregó a Okewa y le dijo:

–Sumerge el pergamino y léelo rápido, porque él se toma el agua.

Al Okewa sumergió el pergamino, letras raras aparecieron en el mágico pergamino, él las entendió. El título decía "Ronca el tigre". Eran las instrucciones con notas y to' pa' tocar una canción. Okewa se confundió to':

–¿Cómo eso nos va a ayudar a salvarnos de la guerra? ¿Una canción?

Entonces Jepirachi gritó:

–Acordeón tengo yo, probemos vamos.

Ella salió en la hoja meti'a pa' traer el acordeón pa' Okewa. Al volver, Okewa comenzó a interpretar las notas ahí escritas. Era como si la música de ese acordeón puyara el alma y el corazón con un sentimiento fuerte, tan fuerte que hacía llorar al corazón. Todos los presentes parecían peladitos chillando a moco guinda'o con sentimiento porque cada nota tocaba el alma.

El día menos deseado llegó. Objetos brillantes que parecían latas pulidas de todos los colores, humanoides que cedieron a la tentación de ser diferentes y robots, todos llegaron a Villanueva a terminar lo que empezaron: la destrucción de la raza humana, pues ellos eran el peligro del mundo.

En la entrada del pueblito, los valientes guerreros estaban armados con palos, resorteras y una montaña de piedras, listos para dar la buena pelea. Okewa no quería que ninguno de sus coterráneos muriera, así que él se apresuró a tocar el acordeón, pero el primer grito de guerra se escuchó, "¡ahhh!", al mismo tiempo que el rugir del tigre salió disparado por la fuerza de una compresión violenta de aire, llevando consigo las notas musicales que detuvieron los corazones de muchos y crearon los corazones de otros.

Un silencio total se apoderó de todo el mundo. Los ronquidos y los gemidos del acordeón se oían de aquí pa' allá y de allá pa'ca. Todos escuchaban con mucha atención esa melodía celestial que con mucho cariño interpretaba Okewa.

Después de unos 15 minutos de tocar sin parar, la música se detuvo. Todos, sin excluir ninguno, lloró. Hasta los robots aprendieron a llorar. Todos se dieron cuenta de que estaban vivos y que todos merecían vivir, todos sintieron el palpitar de un corazón; unos de lata, otros de carne.

Okewa, al ver todo esto, dijo:

–Hoy que sea un día de alegría para todos, hermanitos menores ámense los unos a los otros en tolerancia y en respeto, viviendo y dejando vivir, puesto que todos estamos vivos, todos merecemos vivir.

» El tiempo nunca se detiene y mi hora de existir ya expiró. No podré gozar más con ustedes, mi privilegio de vivir ya terminó. Espero que de aquí en adelante aprendan a usar su nuevo y glorioso corazón.

Después de todo este *pütchi*[43], Okewa entregó toda su esencia al acordeón y así murió.

Un trueno reventó todo el cielo como si fuera vidrio, esa era Ayaa, triste por la muerte de su Okewa, su guerrero; las nubes comenzaron a llorar, esa era Juya, que entristecida por sus palabras lloraba a cántaros; la tierra tembló, esa era Mma, que sentía el dolor de la muerte de su hijo y lo lloraba sin cesar.

Y así, la guerra de un mundo egoísta se convirtió en la salvación de un planeta.

FIN

---

[43] *Discurso*

Frases y sus autores

"Cuando un hombre quiere una mujer uno pelea por ese amor hasta la muerte."

Alfonso Lorduy Reyes

"Si el problema tiene solución ¿pa que te preocupas? Y si no tiene solución ¿pa que te preocupas? si con preocuparte no solucionas na..."

Manuel Antonio Ovalle Guerra

Bibliografía

Leonardo da Vinci. E se tu Saraí solo, tu Saraí tutto tuo. s.f.

Significados

Atuushi	*Abuelo*
Juya	*Lluvia*
Ayaa	*Relámpagos*
Laülaayuu	*Ancianos*
Jierü	*Mujer*
Jemiai	*Frio*
Jolotsü	*Estrella*
Tajolotsü	*Mi Estrella*
Taata	*Papá*
Pütche'ejachi	*Palabrero, Mediador*
Outshi	*Curandero*
süi	*Hamaca*
Katto'ui	*Mochila, Bolso*
Wattaa	*Muy lejos*
Palaa	*Océano*
Palanakai	*Dios del océano*
Maleiwa	*Dios*
Okewa	*Regalo Sabio*
Okolojoo	*Regalo*

kekiiwaa	*Sabio, Inteligente*
iisho	*Cardenal Coriano, Cardenal Guajiro*
Jepirachi	*Brisa distintiva del norte donde hablan al revés*
Mma	*Madre Tierra*
Jintüi	*Hijo*

www.ingramcontent.com/pod-product-compliance
Lightning Source LLC
Chambersburg PA
CBHW020051310726

48970CB00007B/2509